Richard Russo

SH*TSHOW

David und Ellie, zwei gutsituierte, in der Großstadt lebende, pensionierte Akademiker sind zufrieden mit ihrem Leben. Bis zu dem Tag, an dem Donald Trump zum Präsidenten gewählt wird. Plötzlich wird ihnen alles fremd: ihr Land, ihr Leben, sie sich selbst. Ihre Tochter, die längst im liberalen Kalifornien lebt, kann ihnen nicht helfen. Und dann ist da noch dieser Freund, von dem sie glauben, dass er nur so tut, als hätte er Hillary gewählt ...

Spätestens als Ellie eines Tages Fäkalien im eigenen Pool entdeckt, findet die ›Sh*tshow‹ nicht mehr nur im metaphorischen Sinne statt. Aber dieser spektakulär niederträchtige Akt des Vandalismus ist nur das erste in einer Kette politischer und privater Ereignisse, die sich verheerend auf die eigentlich so behagliche Existenz des Paares auswirken.

Richard Russo hat eine eindringliche Parabel geschrieben, in der er von den tiefen, oft unmerklichen Rissen zwischen Freunden, Nachbarn, Familien und selbst Liebenden erzählt, die im Zuge gewichtiger gesellschaftlicher Veränderungen entstehen: Das Politische ist oft privater, als wir meinen.

Richard Russo

SH*TSHOW

Aus dem Englischen
von Monika Köpfer

DUMONT

Richard Russo

SH*TSHOW

Da wir, noch immer fassungslos, das Bedürfnis nach tröstender Gesellschaft hatten, luden Ellie und ich am Morgen nach den Wahlen die Schuulmans und die Millers zum Abendessen ein. Wir waren zu der Zeit, als wir an derselben Universität unterrichteten, Nachbarn und eng befreundet gewesen. Ungefähr im selben Alter, hatten wir nicht nur im Gleichtakt als junge Dozenten begonnen, einen festen Vertrag und unsere jeweiligen Beförderungen erhalten, sondern auch parallel ein Haus im Sam Hughes District in Tucson gekauft, und als es an der Zeit war, in den Ruhestand zu gehen, taten wir auch das synchron. Vermutlich hatten Ellie und ich daher angenommen, dass dies so weitergehen würde – die Kinder aus dem Haus, würden wir uns hin und wieder gegenseitig spontan auf einen Drink auf der Terrasse einladen und hoffentlich gemeinsam fröhlich alt werden, nachdem die größten Herausforderungen unseres Lebens hinter uns lagen, die letzten zwar schon am Horizont sichtbar, aber in einigermaßen sicherer Entfernung.

Umso überraschter waren wir, als sowohl die Schuulmans als auch die Millers Kassensturz machten und sich ein neues Haus am Fuß der Berge, die einen nördlich, die anderen westlich der Stadt, kauften, jeweils eine gute Dreiviertelstunde von uns entfernt. Obgleich es keinen Grund dafür gab, fühlte sich ihr Umzug wie Verrat an.

Doch nicht lange nachdem sie sich eingerichtet hatten, luden sie uns jeweils ein, ihr neues Domizil in Augenschein zu nehmen, und wir mussten zugeben, dass beide nicht nur eine großartige Aussicht auf die weiter unten liegende Stadt, sondern auch kühlere Sommerabende boten. Ob wir nicht ihrem Beispiel folgen wollten, fragten sie uns. Wollten wir nicht ebenfalls aus dem schwülen Tal wegziehen? Den dichten Verkehr und die verstopften Straßen hinter uns lassen? Wir könnten es uns doch leisten, nicht wahr?

Diese letzte Frage ging uns, um ehrlich zu sein, mehr als nur ein bisschen gegen den Strich. Immerhin lebten wir in einem hübschen urbanen Viertel unweit der Innenstadt, in der Nähe der Universität und mit allem, was wir brauchten, in Reichweite, oder zumindest mit dem, was wir gebraucht hatten, als wir noch jünger und die Kinder noch im Haus gewesen waren. Sicher, die Kriminalitätsrate war leicht im Steigen begriffen, und auf die schulterhohe Lehmmauer, die unser Grundstück umgab, war ein Graffiti gesprüht worden (sofern es eines war), aber sei's drum. Waren die Wohnbezirke am Fuß der Berge etwa frei von Kriminalität? Es war schließlich nicht so, als würden wir in einem schmuddeligen Problembezirk leben. Es gab keinen Grund, uns zu bemitleiden.

Daher war es schon komisch, dass wir, als am Wahlabend klar wurde, wohin die Reise ging, ausgerechnet an die Schuulmans und Millers dachten. Doch als ich sie am nächsten Morgen anrief, um sie für denselben Abend einzuladen, klang sowohl Nathan als auch Clay eher erfreut als überrascht, und ich war erleichtert zu hören, dass sie am vergangenen Wahlabend ebenfalls gedacht hatten, wie schön es doch wäre, ihn wie in alten Zeiten gemeinsam verbringen zu können.

Es sollte ein unkompliziertes Abendessen in entspannter Runde werden. Ellie hatte Pasta und einen Salat vorbereitet und ich Steaks zum Grillen besorgt. Blieb nur noch die Frage, ob wir draußen oder drinnen essen sollten. Ich plädierte für Ersteres, weil wir das früher auch immer so gemacht hatten, aber Ellie meldete Bedenken an. Schließlich war es Anfang November, und auch wenn das Quecksilber am Tag auf über zwanzig Grad klettern konnte, fielen die Temperaturen hier in der Wüste nach Sonnenuntergang rapide, und es wurde draußen empfindlich kühl. »Dann lass uns wenigstens auf der Terrasse anfangen«, sagte ich. »Und wenn es uns zu frisch wird, ziehen wir uns Pullover über oder gehen rein.«

Ellie, deren Wahlabendkater schlimmer war als meiner, gab mit einem tiefen Seufzer nach, trat an die Schiebetür und schaute in den Garten. Ich gesellte mich zu ihr, legte ihr den Arm um die Taille und küsste sie auf den Kopf. »Was hast du denn?« Ich bemühte mich, eher verwundert als besorgt zu klingen. Im vergangenen Sommer war sie krank gewesen und, wie mir schien, immer noch nicht ganz wieder die Alte.

Sie zuckte die Schultern. »Nichts. Alles.«

»Ich weiß.«

»Ich wünschte, die Kinder würden näher bei uns wohnen.«

Beide hatten am Vorabend angerufen, als sich das Ergebnis abzeichnete; Sebastian hatte sich aus Paris gemeldet. Und Alison, unsere Tochter, hatte, nicht zum ersten Mal, vorgeschlagen: »Warum verkauft ihr nicht euer Haus und zieht nach Kalifornien? Wenigstens ist das hier immer noch Amerika.«

Ich schüttete gerade Holzkohle in den Anzündkamin, als ich einen Wagen vorfahren und Ellie rufen hörte: »David? Sie sind da!«

Wer?, dachte ich und eilte nach draußen. *Die Schuulmans oder die Millers?* Als ich zu Ellie an die Haustür trat, sah ich, dass sie gleichzeitig ankamen; die Millers bogen gerade in die Einfahrt ein, während die Schuulmans am Straßenrand parkten. Ellies Gesichtsausdruck sagte mir, dass sie das Gleiche dachte wie ich: *Sie* waren die ganze Zeit über zusammen gewesen. *Ihre* Freundschaft war intakt geblieben.

Doch der Gedanke verflog bereits wieder, als sie alle ausstiegen und Clay fröhlich rief: »Wenn das mal kein gutes Timing ist, was?« Woraus wir schlossen, dass ihre zeitgleiche Ankunft reiner Zufall war, und das ergab ja auch Sinn. Schließlich wohnten sie ebenso weit voneinander entfernt wie von uns. Ich hatte eigentlich erwartet, wir würden uns per Handschlag begrüßen, aber davon wollte

Nathan offenbar nichts wissen. Er zog mich in die Arme, woraufhin auch Clay und ich uns umarmten. Die Frauen folgten ebenfalls unserem Beispiel. Dawn und Betsy beugten sich besorgt zu Ellie hin, erkundigten sich, wie es ihr gehe. Sie sehe blendend aus, meinten sie, und das stimmte auch, wobei sie das, schließlich waren sie Frauen, so oder so gesagt hätten. Wie auch immer, als wir alle hineingingen, dachte ich freudig: *Hey, sie haben uns genauso vermisst wie wir sie*.

»Ich kann's immer noch nicht ganz fassen«, sagte Dawn, als ich mit einem Tablett mit unseren Lieblings-Kartoffelchips und Salsa von Rafa's, unserem früheren Freitagnachmittags-Treffpunkt, herauskam. Wir hatten es uns auf der Terrasse gemütlich gemacht, und die Sonne ging gerade hinter den violetten Bergen in der Ferne unter.

Zwar hatten wir ihnen versichert, sie bräuchten nichts mitzubringen, aber beide Paare waren mit je einer Flasche Wein angekommen, einem italienischen Weißwein und einem spanischen Rotwein, wobei mir beide Sorten nichts sagten. Was hatte es wohl zu bedeuten, fragte ich mich, dass sie unserem angestammten kalifornischen Chardonnay, von dem ich einige Flaschen kühl gestellt hatte, untreu geworden waren?

»Ich vergesse es immer wieder mal kurz, und dann plötzlich fällt es mir wieder ein: Wir Amerikaner haben ihn tatsächlich *gewählt*. Auch wenn er gesagt hat: ›Man kann alles mit ihnen machen, sie an die Muschi fassen‹, haben wir ihn gewählt. Unzählige Frauen haben für ihn gestimmt.«

»In einer Demokratie«, sagte ihr Mann, »bekommen die Menschen immer genau das, was sie verdient haben.«

»Komm schon, Clay«, erwiderte ich. »*Das* haben wir bestimmt nicht verdient.«

»Ausnahmslos«, beharrte er.

»Wie konnten die Demoskopen nur so danebenliegen?«, wollte Betsy wissen.

Nathan schüttelte den Kopf. »Nate Silver hat uns letzte Woche gewarnt, dass er immer noch eine Chance hat.«

Seine Frau verdrehte die Augen. »Ach ja, was für eine präzise Prognose – ›er hat immer noch eine Chance‹.«

»In unserer Wohngegend sieht man überall Trump-Schilder«, sagte Clay, woraufhin Ellie und ich einen verstohlenen Blick tauschten. Lag da eine Spur Bedauern in seiner Stimme? Wollte er sagen, sie wären besser in der Stadt geblieben?

»Hier habe ich nur eins gesehen«, warf ich ein. Vor dem Haus unseres Nachbarn, eines Witwers, der noch länger als wir in dieser Gegend wohnte.

»Drei Mal mussten wir unsere Hillary-Schilder ersetzen«, sagte Nathan. »Immer wieder hat sie jemand entfernt.«

»*Wer* musste sie ersetzen?«, fragte Betsy.

»Okay, ja, *du* hast es gemacht.«

»Du kannst sie nicht leiden, gib es zu.«

»Ja, stimmt.« Nathan grinste Clay und mir verschwörerisch zu. »Ich kann sie nicht leiden.«

Dawn hob genervt die Hände. »Genau darin liegt unser Problem, Ladys!«

»Das ist nicht fair«, wandte Nathan ein. »Ich bin über meinen Schatten gesprungen und habe sie gewählt.«

»Wie großzügig von dir. Willst du einen Orden dafür, dass du nicht mit den anderen skandiert hast, sie gehört eingesperrt?«

Er zuckte die Schultern und schenkte sich Wein nach. »Ich finde durchaus, dass ich einen Orden verdient habe. Einen Orden für …? Helft mir mal, Männer, da muss es doch irgendetwas geben.«

»Hm, lass mich kurz nachdenken …«, sagte Clay und tat ein paar Sekunden lang so, als dächte er angestrengt nach. »Ne, mir fällt nichts ein.«

Alle außer Ellie lachten. Wenn mich nicht alles täuschte, schnupperte sie, so als haftete dem Gespräch ein gewisser Geruch an. Und während ich das dachte, fiel mir auf, dass da tatsächlich ein merkwürdiges Aroma in der Luft hing. Düngte einer unserer Nachbarn seinen Rasen etwa mit Gülle? Wohl kaum. Ein ungeschriebenes Gesetz in unserer Wohngegend lautete: wüstentaugliche Gartengestaltung.

»Soll ich mal den Grill anheizen?«, schlug ich vor.

»Unbedingt«, erwiderte Nathan. »Ich bin kurz vor dem Verhungern.«

»Stimmt«, sagte seine Frau. »Lass dir bloß nicht durch eine existenzielle Bedrohung unserer Demokratie den Appetit verderben.«

»Oh, oh.« Er seufzte. »Die nächsten vier Jahre werden lang, fürchte ich.«

»In einer Demokratie …«, setzte Clay an.

»Hör auf damit!«, sagte einer von uns, und wir anderen pflichteten ihm bei. Sogar Ellie lächelte, vielleicht freute sie sich genau wie ich, dass es uns gelungen war, an alte Zeiten anzuknüpfen, in denen wir alle gute Freunde gewesen waren – was im Übrigen noch gar nicht so weit in der Vergangenheit lag.

Alles in allem wurde es dann doch noch ein wunderbarer Abend, der ziemlich genau unsere Hoffnungen erfüllte. Ja, fanden wir alle, die Nation hatte einen Schuss vor den Bug verpasst bekommen und wir hatten allen Grund, uns Sorgen zu machen, aber keinen Grund, in Panik auszubrechen. Vietnam war auch übel gewesen, und damals waren mehr junge Männer gestorben als zurzeit. Zum Schluss nahmen wir uns vor, bis zu unserem nächsten Beisammensein nicht wieder so viel Zeit verstreichen zu lassen.

Nachdem unsere Gäste gegangen waren, wollte ich Ellie helfen, das Geschirr in die Spülmaschine zu räumen und die Küche sauber zu machen, aber sie scheuchte mich hinaus; ich hätte zu viel getrunken, meinte sie, und dann sei ich zu nichts zu gebrauchen. Wenn ich ihr helfen wolle, solle ich ihr einfach aus dem Weg gehen.

Als ich mich oben in unserem Schlafzimmer auszog, musste ich daran denken, wie ich als Jugendlicher werktags bei der Frühmesse in der kleinsten der vier katholischen Kirchen in der grauen Industriestadt an der Ostküste, wo ich aufgewachsen war, immer ministriert hatte. Meistens nahm nur ein halbes Dutzend älterer Damen daran teil, und genau das gefiel mir vermutlich – wenn der Gottesdienst begann, war es in der Kirche angenehm still, durch die Buntglasfenster drang noch kein Licht herein, und auf dem Altar brannten die Kerzen. Wenngleich ich es damals für eine Sünde hielt, ließ ich meine Gedanken während der Messe vom Mysterium des Glaubens zu dem jeweiligen hübschen Mädchen abdriften, in das ich gerade verliebt war, und stellte mir vor, was wir zueinander sagen würden, sollte ich je den Mut aufbringen, sie anzusprechen. Wenn die Frühmesse aus war, war es draußen hell geworden, und die Buntglasfenster leuchteten in all ihren Farben, wie durch ein Wunder. Manchmal schlich ich mich zur Chorgalerie hinauf, nachdem ich Rock und Chorhemd in der Sakristei aufgehängt und Pater John sich in Richtung Pfarrhaus verabschiedet hatte. Gefiel mir die erhöhte Position dort oben oder das Gefühl, über der Welt zu schweben? Hin und wieder kam jemand in die Kirche, schlüpfte in eine Bank, sprach ein kurzes Gebet und ging wieder, ohne von mir Notiz genommen zu haben. Fühlte sich Gott so, wenn er ruhig auf uns, seine Schöpfung, hinabsah, ohne jemals zu erkennen zu geben, wie nah er uns war? Ich weiß noch, wie ich damals dachte: *Bewahre dir dieses Gefühl. Es ist wichtig.* Doch das, was daran so wichtig war, war mir inzwischen genauso abhanden gekommen wie die Jugend selbst.

Inmitten dieser weinseligen Träumereien bemerkte ich, dass die Lichtbewegungsmelder unten auf der Terrasse angegangen waren. Ich trat zum Fenster und sah, dass Ellie hinausgegangen war. Sie stand direkt unter unserem Schlafzimmerfenster, den Kopf leicht zur Seite geneigt, als lauschte sie. Nein, sie lauschte nicht, sie schnupperte. Fast hätte ich hinuntergerufen, ob irgendetwas nicht stimme, fürchtete aber, dass sie sich erschreckte, wenn von oben plötzlich eine körperlose Stimme ertönte. Einen Moment später ging sie über die Terrasse zu dem kleinen Whirlpool, den wir, nicht lange nachdem die Schuulmans und Millers aus der Stadt ins Vorgebirge gezogen waren, auf der Terrasse hatten einbauen lassen. Damals, im ersten Jahr, hatten wir ihn häufig benutzt, vor allem im Winter, und das luxuriöse Gefühl genossen, uns in der eiskalten Abendluft vom sprudelnden Wasser wärmen zu lassen.

Eines Abends, als wir nackt darin saßen, meinte Ellie, trotz des Blubberns ein Geräusch wahrgenommen zu haben, und fragte sich, ob Robert, unser alter Nachbar, wohl nebenan auf seiner Terrasse war. Hatte er einen Stuhl oder eine Leiter herangerückt, um heimlich über unsere Mauer spähen zu können? Wir wussten nicht so recht, ob uns das etwas ausmachen würde.

Jetzt knipste Ellie das Whirlpool-Licht an. Ich hörte sie scharf die Luft einziehen und sah, wie sie erschrocken zurückwich. War ein kleines Tier in das Becken gefallen und im Wasser ertrunken?

Als ich nur in Boxershorts und barfuß unten ankam, stand sie einfach nur da, mit dem Rücken zum Whirlpool.

»Was ist denn los?«, fragte ich, aber sie schüttelte nur den Kopf. Ich spähte in das reglose blaue Wasser und begriff nicht sogleich, was ich da sah. Auf der Oberfläche trieb eine beachtliche orangefarbene Fäkalienwurst.

»Hör jetzt bitte damit auf«, sagte Ellie, als wir später bei ausgeschaltetem Licht im Bett lagen. Ich hatte das Ding in eine Tüte getan und in die Mülltonne geworfen. »Das ist nicht lustig.«

»Nein«, sagte ich. »Natürlich ist es nicht lustig.«

»Warum lachst du dann?«

»Wegen des Ausdrucks, den du vorhin im Gesicht hattest, nehme ich an. Deiner entsetzten Miene. Ich hatte etwas viel Schlimmeres erwartet.«

»Was zum Beispiel?«

»Ich weiß nicht. Eine Ratte vielleicht? Oder eine Schlange?«

»David. Irgendjemand hatte *Stuhlgang* in unserem Whirlpool. Das war menschliche …«

Was immer für ein Substantiv ihr in diesem Moment vorschwebte, sie brachte es einfach nicht über die Lippen.

»Du hast vermutlich recht, aber der Haufen könnte auch von einem Tier gewesen sein, jedenfalls ist es nicht ganz auszuschließen.«

Sie drehte sich zu mir um und starrte mich an. »Und wie genau stellst du dir das vor? Ein Hund ist über die Mauer gesprungen und, statt sein Geschäft auf dem Terrassenboden zu verrichten, zum Whirlpool hinübergetapst, hat sich rückwärts an den Beckenrand platziert und …«

»Gut, ich gebe mich geschlagen.«

»Jemand war in unserem Garten, David.«

»Noch mal …«

»Jemand ist über die Mauer geklettert und hat … diese Scheußlichkeit begangen.«

»Tja, sieht so aus«, sagte ich.

»Nein, so *war* es.«

»Okay. So war es.«

Danach verfielen wir in Schweigen, und ich dachte schon, Ellie sei eingeschlafen, doch plötzlich ließ sich ihre Stimme wieder in der Dunkelheit vernehmen. »Glaubst du, er hat es wirklich getan?«

»Wer? Was?«

»Nathan. Glaubst du, er hat Hillary gewählt? Er hat doch zugegeben, dass er sie nicht ausstehen kann.«

»Du lieber Himmel, Ellie«, sagte ich, wobei ich froh war, dass ihre Gedanken vom Whirlpool abgeschweift waren.

»Ich meine, uns bleibt nichts anderes übrig, als ihm zu glauben. Oder Clay. Niemand weiß, an welcher Stelle die Menschen in der Wahlkabine ihr Kreuz machen.«

»Ja, klar, aber im Ernst. Nathan? Dann könntest du ebenso gut mich verdächtigen.« Als sie darauf nichts erwiderte, fuhr ich fort: »Und wenn du diese Möglichkeit in Betracht ziehst, könntest du mich auch verdächtigen, in den Whirlpool geschissen zu haben.«

Letzteres entlockte ihr ein Kichern, und ich muss zugeben, das stimmte mich froh. »Tut mir leid«, sagte sie. »Aber irgendwie scheint zurzeit alles irgendetwas zu *bedeuten*, verstehst du, was ich meine?«

»Okay.« Ich gab ihr einen Kuss auf die Stirn. »Aber das war doch schon immer so, stimmt's? Alles bedeutet irgendetwas. Oder nichts hat eine Bedeutung. Eins von beidem.«

»Ich weiß es auch nicht«, erwiderte sie ernst.

»Das war als Scherz gemeint.«

Das wäre eigentlich ein guter Abschluss für unsere Unterhaltung gewesen, aber ich hatte das Bedürfnis, noch etwas zu sagen. »Übrigens – die Zyste war gutartig.«

»Ich weiß.«

»Du bist geheilt. Es gibt also keinen Grund, dir Sorgen zu machen.«

»Ich weiß.«

Kurz darauf schliefen wir ein, aber mitten in der Nacht wachte ich auf, weil ich pinkeln musste. Als ich bemerkte, dass mehr Licht als sonst ins Schlafzimmer fiel, trat ich ans Fenster, und tatsächlich hatten wir vergessen, die Whirlpool-Beleuchtung auszuschalten. Mein erster Impuls war, hinunterzugehen und sie auszuknipsen, aber es war vier Uhr morgens, und in wenigen Stunden würde die Sonne aufgehen. Bis dahin konnte sie ruhig angeschaltet bleiben. Eine Ausflucht, wie mir klar war, denn in Wahrheit fürchtete ich, einen weiteren Haufen im Whirlpool vorzufinden. Ich hatte Ellie versichert, es gebe keinen Grund zur Beunruhigung, aber mich selbst davon zu überzeugen war mir anscheinend nicht gelungen.

Im darauffolgenden Sommer rief mich Clay an; er sei am Nachmittag des folgenden Tages in der Stadt, ob ich Lust hätte, ihn auf ein Bier zu treffen. Im vergangenen November hatten wir uns alle vorgenommen, wieder häufiger voneinander hören zu lassen, aber es war bei leeren Versprechungen geblieben, und um ehrlich zu sein: Meine Begeisterung hielt sich auch jetzt in Grenzen. Wir litten gerade unter einer extremen Hitzewelle, und für den nächsten Tag waren über vierzig Grad angesagt. Aber natürlich sagte ich: »Sicher, gern«, und schlug vor, Nathan zu fragen, ob er sich uns anschließen wollte. »Oh, lieber nicht«, meinte Clay. »Wir haben uns verkracht, hat er nichts gesagt?«

»Nein, ich habe seit unserem Treffen nicht mehr mit ihm gesprochen.«

»Ich erzähle dir dann alles.«

Wir trafen uns in einer mexikanischen Kneipe am Broadway, wo die klimatisierte Luft und das eiskalte Bier einen krassen Gegensatz zur Außentemperatur bildeten. Im Fernseher über dem Tresen lief Fox News, und der orangefarbene Mann verkündete gerade, dass es in Charlottesville auf beiden Seiten »sehr gute Menschen« gegeben habe. Clay fragte den Jungen hinter dem Tresen, ob er bitte einen anderen Sender einstellen könne, aber natürlich war der Mann auf allen Kanälen.

»In einer Demokratie …«, begann Clay.

»Bitte«, erwiderte ich.

»… kriegen die Leute das, was sie verdient haben«, beendete er den Satz. »Es stimmt halt.«

»Das habe ich nicht bestritten.«

»Wie geht's Ellie?«

»Es ging ihr schon mal besser«, antwortete ich unumwunden und erzählte ihm von den Exkrementen, der länglichen Wurst, die wir an dem Abend, als sie und die Schuulmans zu Besuch gewesen waren, in unserem Whirlpool gefunden hatten, und den drei weiteren Vorfällen: Unglücklicherweise hatte Ellie jeden weiteren Haufen entdeckt, wobei ich das Becken vermutlich ebenso häufig kontrollierte wie sie. Nie im Leben würde sie sich mehr in das Becken setzen, schwor sie, mehr noch, wenn es nach ihr ginge, würden wir den Whirlpool wieder ausbauen lassen – so als hätten wir Milzbranderreger oder ein russisches Nervengas darin entdeckt. Ich wiederum befürchtete, dass sie aufgrund ihrer psychischen Verfassung die ekligen Exkremente, die auf dem Wasser trieben, mit der Zyste in Verbindung gebracht hatte, die letztes Jahr bei ihr entfernt worden war. Wir hatten allen Eingeweihten erzählt, sie sei gutartig gewesen, und das stimmte im Grunde auch, obgleich die Biopsie das Vorhandensein einiger präkanzeröse Zellen ergeben hatte.

Jedenfalls hatten wir beim letzten Vorfall die Polizei gerufen, und ich hatte gehofft, das würde Ellie ein wenig beruhigen. Die junge Polizistin, eine Latina, hatte sich oberflächlich in dem kleinen Durchgang neben unserem Haus, wo die Mülltonnen stehen, umgesehen und mit ein paar Nachbarn gesprochen und gefragt, ob es bei ihnen ähnliche Vorfälle gegeben habe. Nein, bei niemandem, auch nicht bei den Gordons auf der anderen Straßenseite, die ebenfalls einen Whirlpool besaßen.

»Scheint, als hätte es jemand auf Sie abgesehen«, meinte Officer Nuñez. »Haben Sie in letzter Zeit jemandem ans Bein gepinkelt?«, fragte sie.

Ich erwiderte, wir seien beide pensionierte Universitätsdozenten und pflegten einen freundlichen, aber keinen engen Umgang mit unseren Nachbarn.

»Wir hatten ein Hillary-Wahlkampfschild in unserem Vorgarten«, ergänzte Ellie und erklärte, dass der erste Kothaufen einen Tag nach der Wahl aufgetaucht sei.

»Na, das haben Sie davon«, sagte Officer Nuñez

und beeilte sich, als sie Ellies wütenden Blick bemerkte, hinzuzufügen: »War doch nur ein Scherz, Ma'am.«

»Meine Frau findet die Angelegenheit nicht lustig«, warf ich zerknirscht ein, worauf Ellie *mich* wütend anfunkelte.

»Es ist auch nicht lustig, David. Jemand ist mehrfach über unsere Mauer geklettert und hat sich in unserem Garten herumgetrieben.«

Officer Nuñez bemerkte die Bewegungsmelder. »Gehen die Lichter oft an?«

Wir schüttelten den Kopf. »Eher selten.«

»Dann kommt Ihr Freund vielleicht tagsüber zu Besuch.«

»Sie meinen, jemand wagt sich am helllichten Tag auf unser Grundstück?«

Sie zuckte die Schultern. »Wie viele Autos haben Sie?«

Zwei, lautete unsere Antwort.

»Also ist anzunehmen, dass, wenn der Carport leer ist, niemand zu Hause ist.«

»Sie meinen, jemand beschattet unser Haus?«

»Vielleicht kurvt er auch einfach durch diese Wohngegend und ist auf der Suche nach einer Gelegenheit.« Officer Nuñez nahm den Whirlpool in Augenschein. »Benutzen Sie ihn auch jetzt, wo es so heiß ist?«

Ich verneinte.

»Warum decken Sie ihn nicht einfach ab?«, schlug

sie vor. »Und sobald es kühler wird, entfernen Sie die Abdeckung wieder.«

»Ist *das* Ihr Lösungsvorschlag?«, fragte Ellie.

»Schauen Sie, es tut mir echt leid, dass Ihnen so was passiert«, erwiderte die Polizistin. »Aber wir haben es zurzeit mit einer schlimmen Opioid-Epidemie zu tun. Tja, und im Vergleich dazu …«

»Nun«, sagte ich jetzt zu Clay, »wir haben ihren Vorschlag befolgt und den Whirlpool abgedeckt, und siehe da, seitdem ist Ruhe eingekehrt.«

Er hatte eine Theorie. »Du wirst sehen. Es war garantiert ein Doktorand von dir, der mit dir noch ein Hühnchen zu rupfen hat. Diese Typen sind sehr nachtragend. Jemand, der von dir ein Empfehlungsschreiben haben wollte, und du hast es ihm verweigert. Oder du hast eins geschrieben, und jemand anders hat es in die Finger gekriegt, obwohl es vertraulich war.«

»Ganz ausschließen würde ich das nicht«, erwiderte ich. »Jedenfalls nimmt sich Ellie die Sache leider sehr zu Herzen. Nachts steht sie mehrmals auf und späht in den Garten. Und tagsüber durchstöbert sie dieses Immobilienportal. Wie heißt es gleich noch mal?«

»Zillow?«

»Genau.«

»Gut so. Zieht doch zu uns hinaus!«

Ich schüttelte den Kopf. »Das ist nicht die Gegend,

in der sie Ausschau hält – sie durchstöbert die Angebote in Kalifornien.«

»Mist.«

»Sie möchte näher bei Alison und unserem Enkel sein, und ich kann es ihr nicht verdenken.«

»Ja, klar, aber was ist, wenn ihr euer Haus verkauft und nach Kalifornien zieht, und kurz darauf bekommt Alisons Mann ein Jobangebot in Boston, das er unmöglich ablehnen kann?«

»*Dann* kann ich es ihr verdenken«, sagte ich und lachte leise in mich hinein. »Vor allem möchte ich nicht, dass wir unsere Zelte hier wegen so einer blöden Geschichte abbrechen. Gibt es einen Ort auf der Welt, wo man vor so etwas gefeit ist?«

Clay deutete mit einem Nicken auf den Fernseher. »Und dieser Typ trägt auch nicht dazu bei, dass es besser wird.«

»Das kannst du laut sagen. Wobei ich nicht glaube, dass er derjenige ist, der in unseren Whirlpool geschissen hat.«

Er grinste. »Don Trump jr. vielleicht?«

Ich grinste ebenfalls. »Eric?« Als er zögerte, den Ball aufzunehmen, sagte ich nach einer kurzen Pause: »Aber nun erzähl, was ist zwischen dir und Nathan vorgefallen?«

»Na ja, größtenteils war es wohl mein Fehler«, sagte er traurig. »Er hat eine Bemerkung von mir als antisemitisch aufgefasst. Vielleicht war sie das auch. Hätte ich doch bloß nicht von Politik angefangen.«

»Warum nicht? Ihr gehört doch beide demselben Lager an, oder nicht?«

»Das dachte ich eigentlich auch.« Er hielt kurz inne. »Immer wieder kaue ich unser Gespräch durch und versuche zu verstehen, was passiert ist, aber irgendwie ergibt es keinen Sinn.«

»Was genau hast du denn gesagt?«

»Ich habe ihm von meinem Vater erzählt, dass er an der Invasion in der Normandie teilgenommen hat.«

»Das wusste ich nicht.«

»Am Omaha Beach. Zweite Welle, gottlob. Dann meinte ich, jetzt hätten wir einen Präsidenten, dessen Vater sich von einem bestechlichen Arzt einen Knochensporn bescheinigen ließ, um sich vor dem Militärdienst drücken zu können. Und dass ich Schuldgefühle hätte, weil ich es nicht verhindern konnte, dass dieser faschistische Dreckskerl ins Amt gekommen ist. Plötzlich hatte Nathan so einen merkwürdigen Ausdruck im Gesicht, aber statt stutzig zu werden, habe ich mich wieder einmal von meinem vermeintlich gerechten Zorn hinreißen lassen und mich um Kopf und Kragen geredet. Als ich endlich fertig war, sagte er: ›Ich habe ihn gewählt.‹«

Ich schüttelte ungläubig den Kopf. »Wurden nicht auch Menschen aus seiner Familie in Auschwitz ermordet?«

»Daran habe ich ihn auch erinnert, und das war

ihm ziemlich unangenehm, aber dann hat er seine Wahlentscheidung zu rechtfertigen versucht, nach dem Motto: ›Klar, der Typ ist ein Schwein, aber kein zweiter Hitler.‹ Darauf sagte ich: ›Trotzdem, wie konntest du nur?‹ Er erwiderte, er habe angenommen, dass ein richtiger Politikwechsel, selbst wenn er eine zeitlich begrenzte Wendung zum Schlechteren bedeutet, uns alle aufwecken würde. Zuerst dachte ich, mit ›uns‹ meint er die ganze Nation, aber als ich nachbohrte, wurde klar, dass er ›uns‹ meinte. Also dich und mich und ihn und unsere Frauen. Leute wie uns. Die Elite.«

»Wir – Eliten? Pensionierte Hochschullehrer einer zweitklassigen staatlichen Universität?«

Er zuckte die Achseln. »Wie auch immer. Dann lief unser Gespräch richtig aus dem Ruder. Zugegeben, ich bin ihn ganz schön scharf angegangen. Vermutlich habe ich gedacht, unsere Freundschaft sei stark genug, dass ich ihm unumwunden meine Meinung sagen kann, ohne dass er sich beleidigt fühlt. Aber du kennst ja Nathan. Er ist nicht der Typ, der es direkt zeigt, wenn er angefressen ist. Vielleicht hat mich die Tatsache, dass er so ruhig blieb, noch zusätzlich angestachelt. Immer wieder hat er Sachen gesagt wie: ›Okay, er ist ein Trottel, aber das heißt noch lange nicht, dass er in allem unrecht hat. Zum Beispiel wird er China in seine Schranken weisen. Und er wird Israel verteidigen.‹«

»Im Ernst?«, fragte ich. »Das hat er gesagt?« Hatte ich doch bislang den Eindruck gehabt, dass Nathan ungefähr so jüdisch war wie ich katholisch – das heißt nicht sonderlich. Eher würde ich in den Vatikan auswandern als Nathan nach Israel. Wie oft hatte er uns gegenüber nicht Mitgefühl für die Not der Palästinenser geäußert? »Tut mir echt leid, Clay.«

»Das Schlimmste kommt erst noch. Zu Hause habe ich Dawn alles erzählt, und jetzt sind sie und Betsy ebenfalls schlecht aufeinander zu sprechen. Was für ein Riesenmist!«

»Glaubst du, der Rauch verzieht sich wieder?«

»Um ehrlich zu sein, nein. Wie hat er es immer ausgedrückt, wenn ihm jemand gegen den Strich ging?«

Lächelnd bemühte ich mich, Nathans Akzent zu imitieren. *»I'm off of ya.« Mit dir bin ich fertig.* War das eine typische New Yorker Redewendung? Oder eine jiddische? Oder beides? Wieder musste ich daran denken, wie ich als Junge bei der Frühmesse ministriert hatte. Und wie mein Katholizismus auf dem College allmählich von mir abgefallen war. Obwohl ich mitunter, wenn ich ehrlich war, den Trost, den der Glaube zu spenden vermochte – all die pädophilen Priester mal beiseitegelassen –, vermisste. Sehnte sich Nathan auch nach etwas, dem er schon vor Langem entwachsen war?

»Genau, das war's.« Clay nickte. *»I'm off of ya.«*

Eine Weile schwiegen wir, und als ich ihn verstohlen ansah, bemerkte ich ein verdächtiges Schimmern in seinen Augen. Er hatte den Blick wieder auf den Fernseher gerichtet. Noch immer ging es um die rechtsradikalen Ausschreitungen in Charlottesville.

Kopfschüttelnd sagte er: »Was passiert da gerade mit uns?« Und ich hätte nicht sagen können, ob er das, was er im Fernsehen sah, meinte oder das, worüber wir gerade gesprochen hatten.

Im Herbst fuhren wir für eine Woche durch die noch immer glühend heiße Wüste nach San Diego, wo Alison, unsere Tochter, mit ihrem Mann Jack und ihrem Sohn JJ (Jack jr.) lebte. Sie hatten uns eingeladen, bei ihnen zu wohnen, aber wir zogen ein Hotel vor. Ihre Wohnung war kaum groß genug für sie, und Jack steckte bei der Arbeit offenbar mitten in einem neuen Projekt.

Schließlich fanden wir ein Zimmer zum Schnäppchenpreis in einem Viersternehotel direkt in der Stadt, in fußläufiger Nähe einiger Restaurants. Es war eine Weile her, seit wir uns zuletzt einen Urlaub gegönnt hatten, und ich hoffte, dass der Tapetenwechsel und ein paar Tage in Gesellschaft ihrer Tochter und ihres Enkels Ellie guttun würden, denn ihre Lebensgeister waren, auch wenn sie es leugnete, noch immer nicht zurückgekehrt. Ich machte mir nach wie vor Sorgen, dass sich in ihrer Fantasie die präkanzerösen Zellen aus ihrer operativ entfernten Zyste multipliziert haben könnten und eine krankhafte Furcht vor einer potenziell bösartigen Krebserkrankung nährten. In der Nacht vor unserer Abreise hatte sie geträumt, wie sie nach unserer Rückkehr die Abdeckung vom Whirlpool zurückzog und lauter stinkende Exkremente auf dem Wasser schwammen. Natürlich – jedenfalls war es für mich natürlich – versuchte ich, das Ganze mit einem Witz aufzulockern, aber sie wollte weder auf den Arm genommen werden noch, dass ich ihr gut zuredete. »Hey«, sagte ich. »Mach dich doch nicht verrückt. Seit wir den Pool abgedeckt haben, gab es kein Problem mehr, stimmt's? Jedenfalls nicht dass wir wüssten.«

Ihre Augen wurden schmal. »Wie meinst du das: ›nicht dass wir wüssten‹?«

»Na ja«, sagte ich mit Bedacht, »es ist ja nicht so, dass wir jeden Tag einen Blick unter die Abdeckung werfen.« Als sie mich starr ansah, fügte ich hinzu: »Sag bloß nicht, *du* hast jeden Tag nachgesehen?«

»Natürlich.«

Ich massierte mir die Schläfen. »Wie oft?«

Jetzt sah sie mich trotzig an. »Jeden Tag. Manchmal sogar zwei- oder dreimal. Warum sollte ich das nicht tun?«

Weil es verrückt ist. Das sagte ich natürlich nicht, nicht zuletzt weil sie auf eine solche Bemerkung zu warten schien.

Wie auch immer, eine Woche in Kalifornien würde ihr bestimmt guttun, und ich versprach ihr, dass wir uns bei dieser Gelegenheit auch ein paar Wohnungen ansehen würden. Ellies Internet-Recherche hatte ergeben, dass wir uns dort nie im Leben würden ein Haus leisten können, aber sie meinte, eine Eigentumswohnung schon, wir müssten uns halt verkleinern. »Was von diesem ganzen Mist brauchen wir wirklich?«, fügte sie mit einer ausladenden Handbewegung hinzu, die alles, was wir über die Jahre angehäuft hatten, einzuschließen schien. Mir lag die Bemerkung auf der Zunge, dass »Mist« ein Synonym für »Scheiße« sei und dass ihre Wortwahl nahelegte, ihr Wunsch, sich zu verkleinern, könnte mit den Exkrementen zu tun haben, die sich offenbar dauerhaft in ihren Gedanken eingenistet hatten, aber wozu? Dann hätte sie garantiert gekontert, ich hätte … nun … nichts als genau *das* im Kopf.

Wie von mir erhofft, genossen wir diese Woche in vollen Zügen. Meistens kam Alison mit JJ zu uns ins Hotel, wo JJ und ich im Pool herumtollen und Alison und ihre Mutter über ihre Lieblingsbücher und -fernsehsendungen plaudern konnten, und abends erkundeten wir ein paar der netten umliegenden Restaurants. Auch besichtigten wir, wie von mir versprochen, eine Handvoll Wohnungen, wobei sich unsere Suche als entmutigend erwies. Die Fotos in den Online-Präsentationen waren trügerisch, die Bilder der Räume so aufgenommen, dass sie viel größer wirkten, als sie in Wirklichkeit waren, und die von Google Maps angegebene Fahrtzeit zwischen dem jeweiligen Objekt und Alisons und Jacks Wohnung weit draußen in einem Vorort wich erheblich von der tatsächlich benötigten Zeit im dichten Verkehr San Diegos ab. Ellie hatte sich vorgestellt, unsere Tochter bräuchte nur anzurufen und zu fragen: »Könntest du ein paar Stunden auf JJ aufpassen?«, wenn sie ins Fitnessstudio gehen oder sich mit Freunden treffen wollte. Aber wenn wir mehr als eine Stunde von ihnen entfernt wohnten, würde das nicht funktionieren. Dennoch, als wir die Heimfahrt antraten, klopfte ich mir innerlich auf die Schulter, denn Ellie schien tatsächlich in besserer Stimmung zu sein. Umso überraschter war ich, als sie, nachdem wir die Grenze zwischen Kalifornien und Arizona passiert hatten, in Tränen ausbrach – zuerst hörte ich nur ein verdächtiges Schniefen, das jedoch bald in ein unkontrolliertes Schluchzen überging.

»Ellie«, sagte ich. »Nun komm schon.« Im Ernst. Wir hatten eine hübsche Summe ausgegeben, und statt in Erinnerungen an die schöne Woche zu schwelgen, war meine Frau (wieder einmal) in Tränen aufgelöst.

Sie wandte den Kopf und sah mich an. »Was soll das heißen: ›Nun komm schon?‹«

»Tut mir leid, dass wir keine Eigentumswohnung gefunden haben, die wir uns leisten können, aber du führst dich auf, als wäre das Haus, in das wir zurückkehren, eine Zumutung.«

»Glaubst du, ich wäre *deswegen* so aufgewühlt?«

»Muss ich erst raten? Sag es mir doch einfach.«

»David«, sagte sie. »Irgendetwas stimmt ganz und gar nicht.«

»Was denn?«, fragte ich, inzwischen ziemlich frustriert. »Im Ernst. Ich habe nicht die geringste Ahnung, wovon du redest.« Wobei das nicht stimmte. Ziemlich sicher ging es um diese präkanzerösen Zellen, die in ihrer Fantasie bereits überall Metastasen gebildet hatten.

»Findest du es nicht auch seltsam, dass wir Jack kaum zu Gesicht bekommen haben?«

»Na ja, er ist eben beschäftigt. Mit diesem neuen Projekt, das er leitet. Alison hat es uns doch erklärt.«

»Und du hast ihr geglaubt.«

»Warum hätte ich ihr nicht glauben sollen?«

»Hast du sie eigentlich mal angeschaut?«

»Natürlich habe ich das.«

»*Richtig* angeschaut, meine ich.«

»Ellie, kannst du mir endlich sagen, worauf du hinauswillst? Ich habe wirklich nicht die leiseste Ahnung.«

»Ich will darauf hinaus, dass du ein Mann bist. Was bedeutet, dass du nicht mitkriegst, was sich vor deiner Nase abspielt, insbesondere wenn es sich um Frauenangelegenheiten handelt. Darauf will ich hinaus.«

»Glaubst du, sie haben Eheprobleme?«

»Ich *weiß* es.«

»Hast du irgendwelche konkreten Anhaltspunkte?«

»Siehst du, du bist und bleibst ein Mann.«

»Was willst du, Ellie? Würde es dich glücklich machen, wenn ich kein Mann wäre?«

Sie klappte den Mund auf und schloss ihn wieder. Mir schien, als hätte sie »Vielleicht« sagen wollen. Schon möglich, dass sie das glücklich machen würde.

In Tucson war die Hitzewelle endlich abgeflaut. Wir hatten zwar die Verdunstungskühlung ausgeschaltet, aber im Haus herrschten trotzdem angenehme Temperaturen. Wie die meisten anderen Häuser in unserer Wohngegend hatte auch unseres dicke Lehmmauern, die es gut gegen Hitze abschirmten, es sei denn, es herrschten extrem hohe Wüstentemperaturen. Wir hatten nie die Notwendigkeit gesehen, das alte System gegen eine richtige Klimaanlage auszutauschen. Wir waren sehr müde, sowohl vom Fahren als auch vom Zanken, daher ging ich gleich nach dem Abendessen ins Schlafzimmer hinauf, um vor dem Einschlafen noch ein bisschen zu lesen. Ellie wollte derweil die erste Folge einer Cable-Channel-Fernsehserie streamen, die Alison ihr empfohlen hatte, aber da sich unser Schlafzimmer über der Terrasse befand, hörte ich, kaum lag ich im Bett, wie die Schiebetür zurückgeschoben wurde. Kurz darauf ging der Lichtbewegungsmelder an. *Bitte nicht*, dachte ich und schwang mich aus dem Bett. Aber tatsächlich sah ich, wie meine Frau auf Zehenspitzen über die Terrasse schlich, rasch die Bedeckung des Whirlpools zurückzog, das Beckenlicht anknipste und ins Wasser spähte.

Das angenehme Wetter dauerte noch ein paar Tage an, sodass wir die Verdunstungskühlung weiterhin nicht einschalten mussten. Ellies Laune schien sich zusehends zu bessern. Statt ihre Zeit auf dem Immobilienportal zu vertun, machte sie sich ums Haus herum zu schaffen. Auch wenn wir nicht umzögen, meinte sie, sei es an der Zeit, gründlich auszumisten. Was von dem vielen Plunder bräuchten wir wirklich? Und was könnten wir ebenso gut entbehren? Gegen Ende des Monats, meinte sie, könnten wir mit den aussortierten Sachen einen Hoftrödelmarkt abhalten. Ich fügte mich in mein Schicksal und machte mit, denn schließlich hatte sie nicht ganz unrecht. Auch wenn unsere Sachen kein »Plunder« waren, hatten wir mehr Dinge angehäuft, als wir tatsächlich brauchten. Ich versprach sogar, ein paar Sachen in meinem Kleiderschrank und meinem Büro auszumustern, auch wenn sich mein dingliches Leben im Vergleich zu ihrem eher mönchisch ausnahm.

Als Ellie eines Nachmittags, nachdem sie eine Wagenladung entrümpelter Sachen zu einem Gebrauchtwarenkaufhaus gefahren hatte, das Haus betrat, rümpfte sie die Nase. »Was ist das für ein Geruch?«

»Was für ein Geruch?«, fragte ich – eine typisch männliche Antwort auf eine typisch weibliche Frage. Da die Terrassentür weit geöffnet war, nahm ich nur den Duft von Geißblatt und anderen Wüstenblüten wahr.

Am nächsten Morgen machte sie mich erneut auf den merkwürdigen Geruch aufmerksam, und diesmal war ich mir nicht mehr so sicher. Hing da nicht ein vager Fäkaliengestank in der Luft? »Gut«, sagte sie gereizt, nachdem ich erwidert hatte, ich könne nichts Verdächtiges riechen. *Wie du meinst*, schien sie eigentlich sagen zu wollen.

Da wir beide mit dem linken Bein aufgestanden waren, war ich froh, dass jeder von uns Pläne für diesen Tag hatte. Ellie wollte sich am Vormittag mit einer Freundin auf einen Kaffee treffen und anschließend mit ihr zu einer Vorlesung an der Uni gehen. Und ich würde an einem Senioren-Tennismatch teilnehmen, das bis ungefähr drei Uhr am Nachmittag dauern würde. Da das Thermometer bereits über 26 Grad anzeigte, schaltete ich die Verdunstungskühlung ein, ehe ich das Haus verließ. Damit es bei unserer Rückkehr schön kühl wäre.

Als ich mich nach dem Duschen in der Ankleide der Tennishalle anzog, kramte ich das Handy aus der Hosentasche und sah, dass Betsy Schuulman mir eine SMS geschickt hatte. ELLIE IST BEI MIR, lautete sie, ABER DU SOLLST BITTE SOFORT NACH HAUSE FAHREN. Da mir der Ton dieser Nachricht ganz und gar nicht gefiel, wählte ich Ellies Handynummer, aber Betsy nahm ab. »Warst du schon zu Hause?«, fragte sie.

»Nein, ich fahre jetzt los. Was ist denn passiert?«

»Ellie ist völlig außer sich.«

»Gib sie mir bitte.«

»Nein, sie möchte erst mit dir reden, wenn du zu Hause bist.«

»Okay.«

»David?«, sagte sie. »Ich weiß nicht, wie ich es anders ausdrücken soll: Fahr jetzt bitte einfach los.«

Nachdem ich in unsere Hofeinfahrt eingebogen war, blieb ich einen Moment lang sitzen, denn plötzlich graute mir irgendwie davor, hineinzugehen, auch wenn ich es mir nicht erklären konnte. Das Haus sah noch genau so aus, wie ich es fünf Stunden zuvor verlassen hatte, genau so wie in den letzten dreißig Jahren. Sicher, es könnte ein paar Schönheitsreparaturen vertragen. Der Putz bröckelte, und in der Kiesauffahrt wuchs Unkraut, aber ich entdeckte nirgendwo etwas, was meine

Angst begründete. Statt den vorderen Hauseingang zu benutzen, schloss ich das Durchgangstor auf und begab mich zum Hintereingang, aber auch dort bemerkte ich nichts Auffälliges.

Okay, ich geb's zu: Ich sah im Whirlpool nach. Die Terrassentür war von innen verschlossen, also ging ich danach zur Haustür zurück und steckte den Schlüssel ins Schloss. Wieder zögerte ich, wieder widerstrebte es mir, hineinzugehen. *Sei nicht albern,* sagte ich mir. Ellie warf mir immer vor, sie nicht ernst zu nehmen, aber siehe da, plötzlich schienen ihre Wahnvorstellungen auf mich übergesprungen zu sein, und ich hatte Angst, unser Haus zu betreten.

Als ich schließlich die Tür aufgesperrt und aufgeschoben hatte, verharrte ich kurz auf der Schwelle und rief: »Hallo?«, was natürlich idiotisch war. Ellie war bei den Schuulmans, wer sollte also da sein? »Hallo?«, rief ich erneut. War es nur Einbildung, oder hörte ich von drinnen tatsächlich ein ziemlich lautes Summen – wie von einem Radiogerät, wenn sich mehrere Frequenzen überlappen? Als ich schließlich hineinging, sah ich, woher das Geräusch kam. Unzählige Fliegen schwirrten durch die Luft. Hunderte stoben von Wänden, Fenstern, ja sogar den Flügeln des Deckenventilators auf. Und der Fäkaliengestank? Nun, er war bestialisch. Die Luft war so dick, dass sie geradezu braun zu sein schien. Ich musste würgen und ging rückwärts wieder hinaus in den Hof, wo ich mich an die Mauer lehnte. Als ich erneut Ellies Nummer wählte, nahm sie ab. »*Und?* Riechst du's *jetzt*?«

»Ich verstehe das nicht …«, begann ich.

»Was, David?«, wollte meine Frau wissen, und aus ihrer Stimme sprach blanke Wut. »Was verstehst du nicht? Das würde mich wirklich interessieren.«

»Ich verstehe nicht, was da los ist«, erwiderte ich, und während ich mich das sagen hörte, erinnerte ich mich wieder daran, wie Clay auf den Fernseher in der mexikanischen Kneipe gestarrt und gefragt hatte: »Was passiert da gerade mit uns?«

»Es ist in unserem *Haus*, David.«

»Was denn?«

»Er tut es nicht mehr nur in unseren Whirlpool. Er verteilt es jetzt in unserem Haus.«

»Aber wer denn?«

»Ich komme nicht mehr zurück. Nie wieder. Ich kann es einfach nicht.«

»Okay, Ellie«, sagte ich. »Okay, ich verstehe das.«

Aber das tat ich nicht. Nicht wirklich.

Während ich im Vorgarten unseres Hauses stand, das schon so lange unser Zuhause war, verstand ich rein gar nichts, war auch völlig ratlos, was ich als Nächstes tun sollte. Sollte ich diesen von Scheiße verseuchten Lehmmauern den Rücken kehren und zu den Schuulmans fahren, um meine Frau zu trösten, die ich liebte und die – wie mir schien – zusehends den Halt zu verlieren drohte? Oder sollte ich mein Grauen hinunterschlucken, mich zusammenreißen, meinen Mann stehen und wieder hineingehen, um festzustellen, was zum Teufel da passiert war? Mir schwante, dass ich es, egal, wofür ich mich entschied, aus den falschen Gründen tun würde.

Der Gestank war zutiefst widerlich, wenngleich nicht mehr ganz so schlimm wie bei meinem ersten Eintreten, vermutlich weil durch die geöffnete Tür ein Schwall des üblen Geruchs entwichen war. Gut, eins nach dem anderen, sagte ich mir. Alles aufreißen, zuerst die Schiebetür zur Terrasse, dann die Fenster, auch die im oberen Stockwerk. Und für kräftigen Durchzug sorgen. Den Fliegen, sofern sie es wollten, die Möglichkeit zur Flucht geben. Bei diesen handelte es sich, wie ich jetzt bemerkte, nicht um die kleinen, flinken Stubenfliegen, die flüchteten, sobald man sich ihnen näherte. Stattdessen war es eine riesige, träge, grün schillernde und extrem dumme Spezies, die *Interior Linemen* der Insektenwelt, wenn man so wollte. Man hätte meinen können, sie hätten Mezcal getrunken. Auch als ich mich ihnen mit der Fliegenklatsche in der Hand näherte, zeigten sie sich nicht beeindruckt. Totgeschlagen hinterließen sie dicke gelbe Streifen auf Fliegengittern und Fensterrahmen. Erst als ich ein paar Hundert getötet hatte, fragte ich mich, wie sie eigentlich hereingekommen waren. Selbst angenommen, irgendwo im Haus gab es einen Kothaufen, der groß genug war, um so viele Fliegen anzuziehen, hätten sie dann nicht alle außen an den Moskitogittern kleben müssen, wo sie vergeblich versuchten, hereinzugelangen? Und wo war er? Müsste ein so großer Haufen nicht auf Anhieb zu lokalisieren sein? Noch merkwürdiger: Warum stank es in jedem Raum des Hauses gleich intensiv? Müsste der Gestank in der Nähe seines Ursprungs nicht am stärksten sein?

Bingo. Um die richtige Antwort zu bekommen, muss man einfach nur die richtigen Fragen stellen.

Eine Stunde später erschien auf meinen Anruf hin dieselbe Polizistin wie beim letzten Mal, Officer Nuñez. Hatte das Polizeirevier von Tucson eine spezielle Fäkalieneinheit? Als ich ihr vom Dach aus zuwinkte, kam sie näher und stellte sich an den Fuß der Aluminiumleiter. »Die meisten Leute tauschen diese Pads erst am Abend aus, wenn die Sonne untergegangen ist«, meinte sie.

»Dann werfen Sie doch bitte mal einen Blick auf die alten«, schlug ich vor und deutete auf die, die ich gerade entfernt hatte und die im Kies neben der Leiter lagen. »Oder, noch besser, schnuppern Sie mal daran.«

Der Gestank war nicht mehr ganz so bestialisch wie zuvor, aber Officer Nuñez rümpfte trotzdem die Nase und wich einen Schritt zurück. »So«, sagte sie, als ich hinuntergestiegen war, »und was ist Ihrer Ansicht nach genau passiert?«

»Kommen Sie doch mit hinein«, erwiderte ich. »Ich möchte Ihnen etwas zeigen.«

Inzwischen hatte ich sämtliche Fliegen totgeschlagen und auf dem gefliesten Boden zu einem großen Haufen zusammengefegt. Der Haufen hätte genügt, um einen Basketball damit zu füllen. Officer Nuñez war ziemlich beeindruckt. Ich rechnete trotzdem damit, dass sie etwas an meiner Theorie auszusetzen haben würde – dass, als wir in San Diego waren, unser unbekannter Peiniger auf unser Dach geklettert war, die Metallgitter der Verdunstungskühlung entfernt und die dahinter angebrachten Holzwollepads mit Exkrementen beschmiert hatte –, aber das hatte sie nicht. Bei unserer Rückkehr aus Kalifornien, erklärte ich weiter, sei es merklich kühler gewesen, daher hätten wir die Verdunstungskühlung an diesem Morgen, nachdem die Temperaturen wieder geklettert seien, zum ersten Mal wieder eingeschaltet.

»Und bis Sie nach Hause kamen, hatte sich die Luke geöffnet ...«

Ich nickte. »Das Einschalten der Kühlung hat bewirkt, dass sowohl der Gestank als auch die Fliegen hereingesaugt wurden.«

»Genial.«

Ich wollte mich schon für das Kompliment bedanken, doch dann merkte ich, dass sie nicht mich gemeint hatte.

»Es gibt da jemanden, der Sie ganz und gar nicht leiden kann«, sagte sie.

Später am Abend klopfte es an der Tür. Als ich sie öffnete, stand Robert, der alte Mann von nebenan, davor. Officer Nuñez sei bei ihm gewesen, sagte er. »Tut mir leid, was Ihnen da passiert ist.« Er schnupperte und verzog das Gesicht. Offenbar gewöhnt man sich mit der Zeit an alles, auch an einen noch so üblen Gestank, denn ich nahm ihn inzwischen nicht mehr wahr. »Da war tatsächlich jemand auf Ihrem Dach, als Sie weg waren. Ich hab mich noch gewundert. Normalerweise tauschen Sie die Kühlpads doch immer selbst aus.«

»Konnten Sie ihn gut erkennen?«

»Nein, nicht wirklich. Es war ein magerer Typ. Groß. Mitte zwanzig.«

»Sah er wie ein Student aus?«

»Wie sieht ein Student denn aus?«

»Gute Frage.«

»Er fuhr einen uralten Kastenwagen, wenn Ihnen das weiterhilft. So einen Panel Truck, vielleicht aus den Fünfzigern? Der ist mir aufgefallen, weil ich selbst mal so einen hatte und man sie nicht mehr oft zu sehen bekommt. Wie auch immer, ich habe das alles auch schon der mexikanischen Polizistin erzählt.«

»Ich vermute mal, sie ist Amerikanerin.«

»Von mir aus. Und wie hat Ihre hübsche Frau es verkraftet?«

»Sie will, dass wir das Haus verkaufen und nach Kalifornien ziehen.«

Er zuckte die Achseln. »Ein Haus in dieser Gegend kriegen Sie schnell los. An Ihrer Stelle würde ich mit den Leuten direkt gegenüber reden. Wie heißen sie gleich?«

»Gordon.« Der Mann war Elektriker, hatte eine eigene Firma. Und die Frau machte die Buchhaltung, hatten sie uns, soweit ich mich erinnerte, bei ihrem Einzug erzählt.

»Sie haben genau das gleiche Haus wie Sie, und sie wohnen erst seit einem Jahr darin. Fragen Sie sie, wie viel sie bezahlt haben, dann wissen Sie ungefähr, was Ihres wert ist.« Er rümpfte die Nase. »Aber an Ihrer Stelle würde ich warten, bis sich der Geruch verzogen hat, bevor Sie es einem Makler anbieten. Jedenfalls wenn Sie es an Weiße verkaufen wollen.«

Eigentlich hätte ich, nachdem Robert wieder gegangen war, Ellie anrufen sollen. Nach dem ersten Vorkommnis hatte sie sich vorgestellt, wie ein Fremder über unsere Mauer gestiegen war und sein Geschäft in unseren Whirlpool verrichtet hatte, und das war schon ziemlich beängstigend gewesen. Aber jetzt ging sie davon aus, dass dieser Mensch in unser Haus eingebrochen war, was bedeutete, dass wer immer es war, nicht nur bösartig, sondern auch ein Irrer war und gefährlich obendrein. Schlimmer noch, seine Übergriffe schienen mit jedem weiteren Mal zu eskalieren. Womit musste sie als Nächstes rechnen? Dass sie, wenn sie irgendwann nächste oder übernächste Woche aus der Dusche stieg, in einen warmen Kothaufen mitten auf der Badematte träte? Ihre Furcht vor einem Eindringling hätte ich jetzt beschwichtigen können, indem ich ihr erzählte, dass Robert, unser bigotter Nachbar, während wir in San Diego waren, einen Mann auf unserem Dach gesehen hatte. Eine gruselige Vorstellung, ja, aber immerhin war niemand in unser Haus eingebrochen. Wer immer es war, er hatte sich mehrmals einen üblen Scherz erlaubt und war ein Dreckschwein, aber vermutlich niemand, der uns existenziell bedrohte. Officer Nuñez hatte recht: Der Einfall mit unserer Verdunstungskühlung war genial, doch vermutlich hatte der Typ jetzt sein Pulver verschossen. Was bedeutete, dass Ellie überreagierte.

Aber statt sie anzurufen und zu versuchen, sie wieder zur Vernunft zu bringen, ging ich mit einem gewissen Groll zu Bett, weniger gegenüber unserem Peiniger als gegenüber meiner Frau, die mich behandelte, als wäre ich … ja, was genau? Im Irrtum? Mitschuldig? Zugegeben, ihr Vorwurf, ich würde mich gern über alles, was sie sich zu Herzen nahm, ein wenig lustig machen, war durchaus legitim. Seit Jahren erzählte sie mir von diesem wiederkehrenden Traum, in dem ich sie auslachte. Doch sie war nicht die einzige Leidtragende. Während sie ausgeflippt war, musste ich mich sowohl um die Beseitigung des Gestanks kümmern, vor dem sie geflohen war, als auch zusehen, wie ich mehrere Kilo dieser widerwärtigen, grün schillernden Fliegen loswurde. Ich hatte meinen Brechreiz unterdrückt und getan, was getan werden musste. Und mein Lohn? Meine Frau behandelte mich, als wäre ich Teil des Übels, vor dem sie weggerannt war. Selbst wenn es mir gelänge, sie davon zu überzeugen, dass niemand in unser Haus eingebrochen war, würde das etwas ändern? Sie würde in mir paradoxerweise weiterhin eine Art Komplizen des Übeltäters sehen. Sie wollte nicht mit mir reden? Gut. Dann war mir auch nicht danach, mit ihr zu reden.

Leider neigen tückische Gedanken wie diese dazu, auf Abwege zu geraten, sich in benachbarte Hirnregionen zu schleichen, wo Empathie und Anstand zu Hause sind, sich um sie herumzuwinden und sie zu ersticken. Während ich unfähig war, zu schlafen und das Gedankenkarussell anzuhalten, montierte mein Bewusstsein einige Dialogschnipsel zu einem Film: *Ihre hübsche Frau … Es gibt da jemanden, der Sie ganz und gar nicht leiden kann.* Was, wenn ich auf dem Holzweg war? Clays Vermutung folgend hatte ich mir den Übeltäter die ganze Zeit über als einen Studenten vorgestellt, der noch ein Hühnchen mit mir zu rupfen hatte, aber ich war nicht der Einzige, der hier wohnte. Okay, Ellie und ich waren beide Mitte sechzig, aber genau wie Robert an diesem Abend angedeutet hatte, war meine Frau noch immer sehr attraktiv. (Natürlich hatte er an besagtem Abend zugeschaut, wie wir nackt im Whirlpool badeten.) Als wir vergangene Woche in San Diego aus einem Restaurant kamen, hatte ein angetrunkener Mann ungefähr in unserem Alter Ellie Komplimente gemacht und mir die Schulter getätschelt. »Sie Glückspilz«, hatte er schwärmerisch gesagt. Hatte es mir nicht immer geschmeichelt, dass meine Frau allem Anschein nach so viele Bewunderer hatte? War es nicht möglich, dass sie einen Mann kennengelernt hatte, der ihr versprach, sie nie auszulachen, wenn sie eine Sache sehr ernst nahm? Und jetzt gelang es ihr vielleicht nicht mehr, ihn loszuwerden? Würde das nicht erklären, warum sie mit einem Mal so darauf versessen war, unsere Sachen auszumisten, das Haus zu verkaufen und nach Kalifornien zu ziehen?

Doch noch während ich in diesem in Groll wurzelnden Szenario schwelgte, wusste ich, wie lächerlich es war. Wenn es tatsächlich so wäre, müsste Ellie jemand ganz anders sein, eine mir völlig fremde Frau, und das war sie ja nicht. Aber was war so aufregend an dieser Fiktion – meine Frau könnte ein geheimes Leben haben –, dass ich sie tatsächlich kurz für möglich gehalten hatte? Vielleicht waren wir letztlich alle paradoxe Wesen, immer darauf aus, wahrgenommen und bewundert zu werden, während wir gleichzeitig darauf erpicht waren, unsere Privatsphäre zu wahren? *Hier bin ich. Seht mich an. Bin ich nicht schön? Nein, meine Einkommensteuererklärung geht euch nichts an.*

Eines Nachmittags im darauffolgenden Monat – erneut November, ein ganzes Jahr nachdem wir zum ersten Mal Exkremente im Whirlpool entdeckt hatten – sah ich zufällig aus dem Fenster, als ein Streifenwagen vor unserem Haus hielt und, wer wohl?, Officer Nuñez ausstieg. Bestimmt war ihr das »VERKAUFT«-Schild in unserem Vorgarten aufgefallen. Unser Nachbar hatte recht gehabt: Kaum hatten wir es zum Kauf angeboten, hatte auch schon jemand zugeschlagen. »Das ist nicht wahr, oder?«, sagte sie, als ich die Haustür aufmachte. »Sie lassen sich tatsächlich von dem Scheißkerl vertreiben?«

»Ich fürchte schon«, sagte ich seufzend. »Die eine Hälfte von uns ist schon weg.«

Sosehr ich es auch mit vernünftigen Argumenten versucht hatte, es war mir einfach nicht gelungen, Ellie davon abzubringen, dass das Haus samt allem, was sich darin befand, verseucht war. Für sie war es ungefähr so, als entdeckte man ganz hinten im Kühlschrank einen ganzen Behälter Hüttenkäse, der mit einer Schimmelschicht bedeckt war: Da kratzte man ja auch nicht einfach nur die oberste Schicht herunter, sondern schmiss den ganzen Behälter samt Inhalt weg. Wenn mich nicht alles täuschte, so traf in ihren Augen diese Metapher nicht nur auf unser Haus zu, sondern auch auf unsere Ehe. Und nicht nur unsere. Ellie hatte recht behalten bezüglich der Beziehung unserer Tochter – sie hatte mir, ohne die Worte »Hab ich's dir nicht gesagt?« auszusprechen, alles erzählt: Kaum waren wir nach Tucson zurückgekehrt, zog Jack auch schon mit der Frau zusammen, mit der er schon seit einer geraumen Weile ein Verhältnis hatte. Offenbar hatte Alison bereits von ihr gewusst, während wir zu Besuch gewesen waren, und darauf gewartet, dass er eine Entscheidung traf. Und das hatte er dann auch. Genau wie Ellie. Sie kehrte in unser verseuchtes Haus nur zurück, um ihre Sachen zu packen, und floh dann nach San Diego.

Nun, da es nur noch zwei Wochen bis zur notariellen Übergabe waren, hatte ich Ellie angefleht, zurückzukommen, aber sie weigerte sich. Die Dokumente könne sie auch elektronisch unterschreiben. Wenn sie meiner Bitte folgte, würde ich ohnehin nur versuchen, sie umzustimmen, und sie habe die Nase voll von Überredungsversuchen, jedenfalls von meinen. War nicht ich derjenige gewesen, der ihr einreden wollte, dass kein übler Geruch im Haus hing?

Was für unterschiedlichen Instinkten wir doch gefolgt waren. Während ich Fenster und Türen aufriss, Fliegen totschlug, aufs Dach kletterte und die Holzwollepads austauschte, hatte Ellie beschlossen, dass all das keine Rolle spielte. Das Einzige, was in jenem Moment für sie zählte, waren Alison und Jack jr. Zu diesem Zeitpunkt dachte ich, dass das Grauen ihr den Boden unter den Füßen entzogen hatte, aber jetzt wusste ich, dass es etwas anderes gewesen war. Oh ja, sie hatte wirklich den Boden unter den Füßen verloren. Aber ich irrte mit meiner Mutmaßung, dass die Angst und das Grauen sie von der Wirklichkeit abgekoppelt hatten. Nein, sie hatte einfach den Knoten aufgezogen, der ihre Wirklichkeit mit meiner zusammenhielt. Wie lange schon hatte sie das vorgehabt?, fragte ich mich. Bereits vor den Wahlen, noch ehe der erste Haufen im Whirlpool aufgetaucht war? War dieser Wunsch bereits Jahre zuvor geboren worden, als ich sie in einem ihrer Träume zum ersten Mal ausgelacht hatte? Oder war sie ganz allmählich meinen Das-Glas-ist-halbvoll-Optimismus leid geworden, während es doch immer offensichtlicher wurde, dass das Glas nicht nur leer war, sondern noch dazu einen Sprung hatte und es vielleicht sogar gefährlich war, daraus zu trinken? Es war besser, Wörter wie »präkanzerös« unumwunden auszusprechen, aber wie konnte sie das gegenüber einem Mann tun, der an seiner Grundüberzeugung festhielt, alles werde gut?

Gleichwie, da sie ganz offensichtlich nicht mehr von ihrem Entschluss abzubringen war, hatte ich eine kleine Firma mit dem Umzug beauftragt, unsere bislang nicht ausgemisteten Besitztümer zwischengelagert und war in ein möbliertes Einzimmerapartment in der Nähe der Universität gezogen. Entweder würde sie mich irgendwann vermissen oder eben nicht, und unterdessen musste ich mir wohl oder übel die Zeit vertreiben. Als ich in Rente gegangen war, hatte ich mich mit dem Gedanken getragen, endlich das Buch zu schreiben, von dem mich Lehrveranstaltungen, die Arbeit in diversen Ausschüssen und das Korrigieren von Seminararbeiten jahrzehntelang abgehalten hatten. Ich hatte ein Exposé angefertigt und mir ein paar Notizen gemacht, nur um das Projekt schließlich wieder in die Schublade zu legen. War es jetzt zu spät, um es erneut anzugehen? Oder würde ich damit lediglich die Zeit totschlagen? Während ich darauf wartete, dass Ellie anrief und sagte: Komm doch bitte nach San Diego? Unsere Tochter braucht dich? Jack jr. braucht dich? *Ich* brauche dich? Es war durchaus möglich, dass das passierte, sagte ich mir. Andererseits: »Du bist und bleibst ein Mann« – Ellies auf dem Höhepunkt ihrer Frustration geäußerter Vorwurf hallte noch immer in meinen Gedanken wider. Wenn die Wahlen die amerikanischen Frauen eines gelehrt hatten, dann, dass sie zusammenhalten müssten. Das, was zwischen ihnen und der Gerechtigkeit stand, war männlich. Es hieß Donald und Mitch und Roy und Harvey, und meine Frau war offenbar zu dem Schluss gelangt, dass mein Name ebenfalls auf diese Liste gehörte.

Im Übrigen schien ich nicht der Einzige zu sein, der über derlei dunklen Gedanken brütete, denn eines Abends rief ein völlig aufgelöster Clay an und teilte mir mit, Nathan liege nach einem Suizidversuch im Krankenhaus. Er hatte Antidepressiva genommen, solange wir ihn kannten, doch anscheinend hatte er aus irgendeinem Grund plötzlich damit aufgehört, und das war nun das Ergebnis. Betsy zufolge würde er es überleben, jedenfalls bis zu dem Tag, da sie ihn, egoistischer Scheißkerl, der er war, umbringen würde.

Ich traf ihn schlafend in seinem Krankenhauszimmer an, doch als ich mit der Fernbedienung den an der Decke aufgehängten Fernseher ausschalten wollte, wachte er auf. Der Ton blieb stumm, aber der orangefarbene Mann war nach wie vor auf dem geteilten Fernsehbild zusammen mit zwei vollbusigen Frauen zu sehen, die ihm vorwarfen, seine diversen sexuellen Beziehungen zu leugnen. Wir begrüßten uns, und ich zog mir einen Stuhl heran. »Was machst du denn für Sachen?«, fragte ich.

Da er lange nicht antwortete, dachte ich, er wolle nicht darüber reden. Schließlich erwiderte er jedoch: »Ich weiß es nicht, wirklich. In letzter Zeit habe ich mich gefühlt ... als wäre mir der Sprit ausgegangen.«

»Warum hast du mich nicht angerufen?«

»Ach?« Er brachte ein mattes Grinsen zustande. »Ich wusste gar nicht, dass du eine Tankstelle besitzt.«

»Wir sind Freunde.«

Er zuckte die Schultern. »Du hattest doch selbst Probleme, wie ich gehört habe.«

»Ich hätte dir von meinen und du hättest mir von deinen erzählen können.«

»Und du meinst, wir hätten uns dann besser gefühlt?«

»Und du meinst, wir hätten uns schlechter gefühlt?«

Die Frage war rhetorisch gemeint, aber Nathan schien sie tatsächlich beantworten zu wollen. Doch gerade als er den Mund aufmachte, schaltete sich der Ton des Fernsehers auf magische Weise wieder ein. »Zum Teufel ...«, entfuhr es mir.

Diesmal war Nathans Grinsen authentischer. Er nickte in Richtung des Präsidenten. »Er lässt sich nicht so einfach abstellen.«

Ich drückte den Ausschaltknopf der Fernbedienung, und der Bildschirm wurde dunkel, doch kurz darauf flackerte das Bild erneut an. Jetzt reichte es mir, ich stand auf und zog den Stecker des verdammten Apparats aus der Dose. »Wenn er jetzt wieder angeht, gebe ich auf.«

»Ich glaube, genau das ist es, was mit mir passiert ist«, sagte Nathan, als ich mich wieder setzte. »Plötzlich war mir alles zu viel. Und da habe ich versucht, den Stecker zu ziehen.«

»Ich fürchte, das dürfen wir nicht tun«, erwiderte ich. »Unser beider Religionen haben eine explizite Haltung zum Thema Hoffnungslosigkeit.«

»Stimmt, aber in Bezug auf die Frage, was wir in solchen Situationen tun sollen, sind sie nicht so explizit.«

Ich nickte. »Mein Vater pflegte zu sagen: ›Versuch etwas, und wenn das nicht funktioniert, versuch was anderes.‹«

»Er war wohl ein Philosoph, dein alter Herr.«

»Nein, Klempner.«

»Siehst du? Wir haben uns all die Jahre über offenbar mit den falschen Leuten abgegeben. Wenn du einen weisen Rat brauchst, wende dich an einen Mann, der sich seinen Lebensunterhalt damit verdient, anderer Leute Abflüsse wieder freizubekommen.«

Wobei es weniger ein weiser Rat als eine Warnung gewesen war. Mein Vater hatte es mit der Ehe und Elternschaft probiert und, als das beides nicht funktioniert hatte, etwas anderes ausprobiert. Kurz nachdem er sich von meiner Mutter getrennt hatte, wurde ich Ministrant, zweifelsohne der Versuch, die Leere, die er hinterlassen hatte, zu füllen.

»Clay hat mir erzählt, du hast herausgefunden, wer in euren Whirlpool geschissen hat.«

»Seid ihr beide wieder Freunde?«

Nathan nickte. »Er hat mir gesagt, es tut ihm leid. Ich habe ihm gesagt, es tut mir leid. Wir beide bereuen den Vorfall. Meine Güte – was wir inzwischen alles bereuen.« Als ich nichts darauf erwiderte, schlug er einen anderen Ton an. »Aber erzähl mir mehr von eurem Whirlpool-Scheißer. Ich habe das komische Gefühl, das würde mich aufheitern.«

Also berichtete ich ihm, dass Officer Nuñez irgendwann auf die Idee gekommen war, es müsse sich um einen klassischen Fall von Verwechslung handeln. Nicht ich oder Ellie, sondern die Gordons von gegenüber hätten »jemandem ans Bein gepinkelt«.

Folgendes hatte sich zugetragen: Ein entfernter Verwandter, der ihnen neidete, dass sie sich ein Haus in dieser Wohngegend leisten konnten, war zu ihnen gekommen und hatte sie um ein Darlehen gebeten, doch sie hatten abgelehnt. Das Ganze artete in gegenseitiges Anschreien und wütendes Geschubse aus, und zum Schluss drohte er ihnen, sie würden diesen Tag noch bitter bereuen. Der Typ wohnte irgendwo an der Grenze zwischen Arizona und New Mexico, aber bevor er nach Hause fuhr, heuerte er einen jungen Kerl an, einen Bekannten, der ihm dreist genug erschien, um über die Gartenmauer der Gordons zu klettern und in ihren Whirlpool zu scheißen. Er gab ihm den Namen der Straße, in der sie wohnten, und eine Beschreibung ihres Hauses, die natürlich auch eine Beschreibung unseres Hauses war, einschließlich des Whirlpools auf unserer jeweiligen Terrasse. Nachdem der Junge den Auftrag über ein paar Monate hinweg mehrmals ausgeführt hatte, ließ der zurückgewiesene Verwandte seine Freundin bei den Gordons anrufen, um sie zu fragen, wie ihnen seine Präsente gefallen hätten. Woraufhin sie, nicht minder dreist, antworteten, sehr gut, bitte mehr davon, was wiederum die Attacke auf unsere Verdunstungskühlung nach sich zog. »Böse Absicht, gekoppelt mit Inkompetenz«, meinte Nathan glucksend. »Eine unschlagbare Kombination. Haben sie sich wenigstens entschuldigt?«

Ich nickte. Am selben Tag, an dem der Makler ein »VERKAUFT«-Schild am Pfosten in unserem Vorgarten befestigt hatte, klopfte es an unsere Tür. Es war Mrs Gordon. Als sie eingezogen waren, hatten wir uns miteinander bekannt gemacht und uns dann zugewinkt, wenn wir zufällig zur gleichen Zeit mit dem Wagen nach Hause kamen oder wegfuhren, aber abgesehen davon keinen weiteren Umgang miteinander gepflegt. »Ich möchte mich für unseren Verwandten entschuldigen«, sagte sie. »Für diese widerwärtigen Sachen, die er getan hat. Er ist ein schrecklicher Mensch.«

»Dann ist er derjenige, der sich bei uns entschuldigen muss«, antwortete ich, »nicht Sie.«

»Ich wollte Ihnen auch sagen«, fuhr sie nervös fort, »dass wir wirklich keine Ahnung hatten.«

Nate grinste erneut. Die Geschichte hatte ihn offenbar tatsächlich aufgemuntert. »Und, glaubst du ihr?«

Ich zuckte die Schultern. »Officer Nuñez glaubt ihr nicht. Ihrer Ansicht nach müssen sie davon gewusst haben.«

»Aber du glaubst ihr.«

Ich nickte und stellte mir im Geiste vor, wie Ellie, wenn sie hier gewesen wäre, die Augen verdreht hätte. *Genau davon*, hätte sie gedacht, *habe ich die Nase gestrichen voll.*

»Warum?«

Ich überlegte kurz. »Vielleicht weil ich mich, sollte sich herausstellen, dass ich mich geirrt habe, lieber auf diese Art und Weise geirrt haben würde. Was meinst du? Bin ich ein Idiot?«

»Ja, aber nicht deswegen.«

»Weswegen denn dann?«

»Wo, glaubst du, findest du noch mal eine Frau wie Ellie? Fahr nach San Diego. Und bring die Sache wieder ins Lot.«

»Meinst du? Ich soll einfach bei ihr auf der Matte stehen? An ihre Tür klopfen und darauf warten, dass sie aufmacht?«

»Genau das.«

»Und was soll ich sagen?«

Er zog eine Grimasse. »Woher soll ich das wissen? Sag einfach irgendetwas. Wenn das nicht funktioniert, sag was anderes.«

Tatsächlich hatte ich mir selbst bestimmt schon ein halbes Dutzend Mal den Rat gegeben, zu Ellie zu fahren und die Sache in Ordnung zu bringen, aber nun, da er von Nate kam, leuchtete er mir ein bisschen mehr ein. »Meinst du, du kommst wieder auf die Beine?«

»Keine Ahnung«, sagte er und runzelte dann die Stirn. »Es ist irgendwie merkwürdig. Ich habe das Gefühl, irgendetwas Wichtiges vergessen zu haben. Du weißt schon, wie wenn man einen Traum hatte, in dem man fliegen konnte, und man denkt: *Wie konnte ich das nur vergessen, wie konnte ich vergessen, dass ich fliegen kann?* Genau so fühlt es sich an. Ergibt das für dich einen Sinn?«

Ich bejahte es, dann erzählte ich ihm davon, wie ich als kleiner Junge heimlich auf die Chorgalerie gestiegen war und von dort beobachtet hatte, wie Menschen in die Kirche kamen, niederknieten und ein kurzes, stilles Gebet sprachen. Wie absolut lebensnotwendig und dringlich mir diese Erlebnisse damals erschienen waren. Und wie merkwürdig es sich anfühlte, dass ich mich nicht mehr erinnern konnte, warum.

»Wenn es dir wieder einfällt«, erwiderte Nathan,

»musst du mich unbedingt anrufen und es mir erzählen. Vielleicht haben wir ja beide das Gleiche vergessen.«

Ich war fast schon zur Tür hinaus, als er sagte: »Tust du mir einen Gefallen? Kannst du den Stecker wieder einstöpseln?«

Ich bückte mich und hob ihn auf. »Bist du dir sicher?«

»Nein«, meinte er, und dann: »Ja.«

Richard Russo, geboren 1949 in Johnstown, New York, studierte Philosophie und Creative Writing und lehrte an verschiedenen amerikanischen Universitäten. Für ›Diese gottverdammten Träume‹ (DuMont 2016) erhielt er 2002 den Pulitzer-Preis. Bei DuMont erschienen außerdem ›Diese alte Sehnsucht‹ (2010), ›Ein grundzufriedener Mann‹ und ›Ein Mann der Tat‹ (beide 2017), der Erzählband ›Immergleiche Wege‹ (2018) sowie zuletzt ›Jenseits der Erwartungen‹ (2020).

Monika Köpfer war viele Jahre als Lektorin tätig und übersetzt heute aus dem Englischen, Italienischen und Französischen. Zu den von ihr übersetzten Autoren zählen u. a. J. L. Carr, Mohsin Hamid, Milena Agus, Fabio Stassi, Richard C. Morais, Theresa Révay und Naomi J. Williams.

Die amerikanische Originalausgabe erschien 2019
unter dem Titel ›Sh*tshow‹ bei Vintage Books,
Penguin Random House LLC, New York.

Zweite Auflage 2020

Übersetzung: Monika Köpfer
Umschlaggestaltung: Birgit Haermeyer nach
einer Vorlage von Megan Wilson
Umschlagabbildung: © TeamDAF/Alamy
Satz: Angelika Kudella, Köln
Gesetzt aus der Cambria
Druck und Verarbeitung: CPI books GmbH, Leck
Gedruckt auf säurefreiem und chlorfrei gebleichtem Papier
Printed in Germany
ISBN 978-3-8321-8144-4

www.dumont-buchverlag.de

—

»Richard Russo ist ein begnadeter Erzähler, der seinen Figuren mit viel Empathie begegnet.«

JOHN IRVING

Mehr von Richard Russo bei DuMont

DIESE ALTE SEHNSUCHT
352 Seiten / Auch als eBook

Ex-Drehbuchautor Jack Griffin wollte niemals werden wie seine Eltern. Doch nun ist er Mitte fünfzig und muss feststellen, dass gewissen Rollenbildern nicht zu entkommen ist.

DIESE GOTTVERDAMMTEN TRÄUME
752 Seiten / Auch als eBook

In diesem mit dem Pulitzer-Preis bedachten Roman zeichnet Richard Russo mit viel Wärme und Humor das Porträt einer heruntergekommenen Kleinstadt in Maine.

EIN GRUNDZUFRIEDENER MANN

780 Seiten / Auch als eBook

North Bath, Mitte der Achtziger: Donald Sullivan führt ein bequemes Leben in der verschlafenen Kleinstadt. Doch jetzt holt ihn der Ernst des Lebens ein …

EIN MANN DER TAT

688 Seiten / Auch als eBook

Ein Memorial-Day-Wochenende in North Bath, eigentlich eine Zeit der Ruhe und Besinnung. Aber in diesem Jahr ist es, als hätte jemand die Büchse der Pandora geöffnet …

IMMERGLEICHE WEGE

304 Seiten / Auch als eBook

Dieses Buch vereint vier Erzählungen, die von einer leisen Melancholie getragen sind – und doch etwas ungemein Lebensbejahendes haben.

JENSEITS DER ERWARTUNGEN

432 Seiten / Auch als eBook

Richard Russo erzählt von drei Menschen, die sich fremd geworden sind, und vom Umgang mit der Unsicherheit, ob die eigenen Lebensentscheidungen die richtigen waren.